U0585906

陌上行吟：超然的诗词

王晓超 著

SPM
南方传媒 广东人民出版社

中国·广州

图书在版编目（CIP）数据

陌上行吟 / 王晓超著. —广州：广东人民出版社，2023.10
ISBN 978-7-218-16953-8

Ⅰ.①陌…　Ⅱ.①王…　Ⅲ.①诗词—作品集—中国—当代
Ⅳ.①I227

中国国家版本馆CIP数据核字（2023）第182583号

MOSHANG XINGYIN
陌上行吟
王晓超　著

出 版 人：肖风华

责任编辑：钱飞遥　陈泽洪
责任技编：吴彦斌　周星奎
封面设计：刘弋捷
内文版式：姚　敏
供　　图：刘少白

出版发行　广东人民出版社
地　　址：广州市越秀区大沙头四马路 10 号（邮政编码：510199）
电　　话：（020）85716809（总编室）
传　　真：（020）83289585
网　　址：http://www.gdpph.com
印　　刷：珠海市豪迈实业有限公司
开　　本：890mm×1240mm　1/32
印　　张：6.75　字　　数：112 千
版　　次：2023 年 10 月第 1 版
印　　次：2023 年 10 月第 1 次印刷
定　　价：68.00 元

如发现印装质量问题，影响阅读，请与出版社（020-87712513）联系调换。
售书热线：（020）87717307

王晓超，笔名超然，河南舞阳人。研究生学历，硕士学位。中华传统文化研究会理事、中华诗词学会理事、中国作家协会会员、中国散文家协会会员、中国心理学会会员、中国易经学会会员、中国红学会会员、经济社会发展战略研究会会员、中国监察学会会员。广东省作家协会散文创作委员会常务副主任。

王晓超是中国传统文化和廉政文化的普及传播者、历史文化学者、诗人、散文家。近年来在广东省机关单位、高校、企业等举办了上百场传统文化和廉政文化讲座，受到听众一致好评，产生了广泛的影响。广东广播电视台、《羊城晚报》均做了专门的采访报道。

作品多次获得国家级、省级奖项，著有散文集《下雪的日子》《世间日月随时光渐行》；诗集《超然轩诗札》《霁月光年》《几度春来听雨声》《一壶诗情暖人生》《世间有你真好》《阳光明媚的日子》；理论集《思维的回声》；专著《反商业贿赂视角下的企业监管研究》《商事制度改革与廉政风险防控》《政治巡视实践新维度——新时代巡视工作的策略与方法》等。其中诗集《霁月光年》和《几度春来听雨声》连续6个月蝉联广东新华畅销书排行榜文学类榜首。

目 录

现代诗

古体诗

现代诗

春天，如此饱满

四月，草木开始闹春

花事横斜，鸟声喧亮起来

阳光搅稠午后，光芒舒缓

我们踏青的步履，在清浅的草丛中摇曳生姿

浅浅的春天，却如此饱满

当我热烈，心上就有姹紫嫣红

当我俯首，流水开始说话

当我仰望，美好的事物溢满人间

春天是斑斓的

要允许白云有翻山越岭的心情

要允许彩虹有着意化桥的本领

要允许春风有唤醒万物的能量

红尘弯曲，江湖悠远

寒冬过后见春天

世人皆为远行客

那些不得已的事情就像云烟

不管日月星辰如何更替

我们都应该挺起脊梁跨越万水千山……

古榕的春天

我们从春天开始
复苏了万物

四月的音乐是河流的节奏
外表看似无规则的情节
内心却是有条理的旋律
我适合这里的时光

羊城，最美的花儿给了街巷
最好的水域给了白鹭
最老的时光给了古榕

古榕是这座城市的靓丽风景
古榕是这座城市的林木灵魂
古榕是这个城市的点睛之笔
古榕也是这座城市的历史见证

它从人们心上长出

苍劲、庄重

还有几分遒媚

古榕，更是这座城市的母亲

俊俏，慈祥，无畏而又决绝

它们蔓延的根须

羞死了残垣和断壁

不是所有的美都和毁灭相随

不是所有的荣光都带着踞齿

人们没有忘记

我们仰慕的古榕

曾经四面楚歌

那时节，城市上空笼罩着阴霾

太阳也没有复活的表情

从公园到街头

有的古榕已被人为卸下了光芒

这是羊城百姓心中的痛啊

人们呵护古榕，保护生态文明的心

只留下无可奈何的碎影

而时间的另一端

很快安排了保护古榕的行动

这是羊城父老的企盼啊

人类必须在沉重的郁抑中

保护每一个物种健硕的生命

晨光中，当你看见一阵烟树冉冉升起

请仔细端详它雍容的枝干

娇娆的叶子

还有那肥美而发达的根系

这就是我们深爱着的羊城古榕

百年风华，挺拔向荣

清明祭

昨晚，在梦中
回到了豫南大平原
沿着那条在麦田中隐藏的小路
向父母的坟茔走去

松柏比去年略深一些
周围散落的以往祭祀时留下的烟灰痕迹
露出原本纸质的褐

高高的石碑上刻着你们
及子孙的姓名
沧桑的字漆已补齐
和一旁的松柏一起静静立着

我弯腰清理墓碑旁边的杂草
攥住叶子的一刹那

想起了那难忘的日子

坟茔旁那些我早年种下的树

立于流水又顺从于大地

周围的野花

带着不可触摸的神秘

开了又落，落了又开

我的心寄于云雀

夕阳涌动，从树梢掠过

投下的影子

如同深浅不一的脚印

左边是故，右边是乡

其他已经变得无足轻重

清明到了，这个节日令人庄重起来

祭祖，使人终生铭记孝的深意

站立在先人的墓碑前

默默祈祷着某种短暂交融于永恒

我亲爱的父亲母亲哟

今夜儿的梦

仿若倦鸟从天空回到鸟巢

回忆着老屋瓦上的青苔

给你们写下尘世的易与不易

默默地等一场春风，吹绿你们的坟茔……

致我心爱的书房

我心爱的书房

那是我心灵的独立王国

也是我萌生灵感的地方

在这谧静的空间里

典籍在闪烁

新鲜的思想被照耀得像大中原上成熟的谷穗

饱满地向着大地致敬

一场酣笑或一场悲伤后，弯腰拾起的

那诗句啊清澈得仿如晨曦中的露珠

映照着我的影子

书房里的很多时光，都是用旧了的

沉香在书案上散发出香味，淡烟舞动木琴之弦

窗外，香樟欣欣，接近着蓝

曙光和明月都由清露打造

当我对它们仰望时，一颗心是透明洁净的

当我环视书房时，那一排排典藏方阵

令我联想到

书籍重于黄金，经典蕴含着青铜的骨骼

读书让我悟出中华文化的道理

理乃必然，道却多变

道存乎于我们的实践之中

一代人有一代人的价值观

今天

立夏节气，凯风自南

我在书房重读舍斯托夫①

我再次惊讶于

他对必然性和雅典的仇恨

没错，雅典和必然性是一致的

他们坚信

二加二等于四，从不额外要求"别的东西"

舍斯托夫笃信的上帝解释不了

而我们的儒家、道家也不想知道上帝为何物

却教会了让炎黄子孙脊梁挺得更直

此刻

日上三竿，阳光明媚

光线射进了我的书房

在所有形式的心境中

我选择宁静、不急、不躁、甘于寂寞

面对香樟树上飘落的叶子

我呼出了一口长气

就像树叶离枝时画出的弧线

暗合了朴素的道理，我为华夏而非雅典所庆幸

注释

①陀思妥耶夫斯基《地下室手记》中的主人公对"二加二等于四"大声喊"不"！并要求"别的东西"。这种行为受到了舍斯托夫的激赏。（参阅米沃什：《站在人这边》，黄灿然译，广西师范大学出版社，2019年版第286页。）

我热爱这历经风雨后的春天

立春时节，天地俱醒
草木舒展着向上的志向
而有些生命尚在律动中萌芽
万物正在蓬勃途中

今天，春雨唤醒春色
春色携着春意
春意不再悲伤
飒立长亭，眺望寥廓大地
人间都有一种丰沛的美

请松开内心的惶惑
那些阴霾已被春风吹散
春气之应使万象更新
世间变得温暖

在人们走过的光阴里

经历了生活的不易

也见证了生命的脆弱

正像坚强向上生长的树木，有时也有被蚁虫掏空的

　　危险

但挺过来后

它们从内心开始绿起来

年轮里依然镌刻着阳光和月色

生而为人

必须有自生骨气的生活信念

从信念中，辨别出人与其他生物在质感上的差异

从差异中获得强大和欣喜

在欣喜中达到种瓜点豆，诸事皆宜

将深深浅浅的岁月了然于心

今天

我是如此热爱这阴霾散去的春天

这历经风雨后的春色

胜过所有的茶酒和诗行

看被我们礼赞的山河，如何继续辽阔

看被我们热爱的生活

如何让你我经历人类共同的创痛后，热泪盈眶

看曾经风雨，而今化作彩虹

人类与其他生物的区别

就在于经历生活的艰辛后，依然热爱生活

每个人仍葆有高贵的灵魂

我爱着春色下闪闪发光的人们与你们互相照耀的自己

愿人们绚丽成无忧花的样子，开满人间

追逐地平线

小时候，在一望无际的大平原上
总喜欢向前狂奔
去追逐远方天地相接的地平线
那仿佛是人间美好的依托
也是未来的希望
儿时的自己憧憬未来
却不知未来是什么样子
内心有多少期待
就有多少奔向地平线的冲动

在曲折的人生道路上
地平线是那样的神圣和神秘
坚信它是诗和远方
是美好，是春风，是阳光……
即便是遥不可及
人们还是把它当成最美的童话

我相信这个童话

我喜欢这隐隐约约的意象

一望无际的天地间

飘着似动非动的云朵，还有一抹苍茫的影子

在那天地相连的最远处

去摘下天上的星星

照亮人们前行路上的黑暗

在奔向地平线的行程上

我们将会遇见许多人

有肝胆相照的侠义

有爱恨恩怨的感伤

也有相忘于江湖的自得其乐

还有信誓旦旦的华丽背叛

因为相信地平线的美好

就会甘愿忍辱负重

去追求生命中珍贵的喜悦和精彩

奔跑中发现，一旦接近地平线

新的地平线早已悬浮于更远的天地间

在终将抵达的信仰里

我们都会继续前行，浪掷一生的光阴

一生有多长？说到底一生是转瞬间

人生没有永恒

只有一个个无常，任何一个无常

都足以熄灭生命的火焰

我崇敬苏东坡的超旷豁达

忽略人生中所有的羁绊

始终热爱生活，诗意生活

我还钦佩苏公"余独不觉"的不求自得

不知不觉春风就来了

一夜间吹绿所有低垂的柳枝

远远的地平线也有了春意盎然的憧憬

约会夏天

群山奔袭，一抹薰风在探头张望的时候

夏天的温存弥漫开来，和煦又清新

通往山上的路分了岔

我要像弗罗斯特一样做出选择①

他曾经选择了人迹罕至的小径

而我此时选择了人多的大路

从这里上山的人络绎不绝

虽然都已气喘吁吁

但夏天在前方招手

我不能停步

林子的枝丫上隐约看到群鸟嬉闹着

好像很留恋，不打算起飞

当然也看出鸟儿们心底的向往

这是它们梦想的山系

小溪从山脚下林边的拐弯处流过

禾苗青青，在夏日生长

山中的夏阳贴在枝头上

此时四周的空气新鲜

这是五月，雨随时会落下来

可担心是多余的

此刻我登到了山顶

看到了夏的真身

心里多了些慰藉

我想，在某年某月的一天，如能再来这里

一定会多停留一下

坐在小溪旁的石阶上

再读读泰戈尔②

因为他迷人的语气

适合和夏在这里约会

今天，我约了夏天在山中相见

屹立峰顶，那望不到尽头的蜿蜒翠幄

虽然显得有些苍茫

但我的心时刻保持着明朗的发际线

站在高处

向着低微中的一切，友好地道别

继续用天人合一的情怀

去啸吟夏阳的升腾、万物的葳蕤和人间的美好

注释

①弗罗斯特：罗伯特·弗罗斯特是20世纪最受欢迎的美国诗人之一，曾赢得4次普利策奖和许多其他的奖励及荣誉，被称之为"美国文学中的桂冠诗人"。

②泰戈尔：拉宾德拉纳特·泰戈尔，印度诗人、文学家、社会活动家、哲学家和印度民族主义者。

与杜甫为邻

驾一叶扁舟去杜甫草堂

仅仅需要一个时辰

但浣花溪已经改道了

黄四娘家门前的水

却成了隔壁酒肆的杯中物

那扇柴门依然虚掩着

茅屋上的白苇草被秋风掠过

茅屋主人夜里咳嗽的声音

消失在溪水的低吟中

那群身着云霓广袖的唐代少女

在朱门前等待着鲜花

一篙不用水的慢船摇到唐朝

或者下一个朝代

要经历多少个春夏秋冬

或者从杜甫到崇拜杜甫的黄庭坚抑或陆游

历史上最有硬度的大诗人们

在苍穹之下

站成各自的位置

像在服从一次集体的角色命定

活在自己的时代里

不管江山是否适合自己

想到他们，仿佛我也身在其中

与他们同心同义同感

我与他们有着命中相同的共时性

因为家国情怀

都源于诗人的心啊

也源于诗人的人生经历

情怀格局，眉宇岁月，心境步履……

我隔着时空与他们谈诗论道

虽然岁月已经走过了上千年

而那个被我认作同乡的王昌龄

已爱上了我诗句中的风与月

我，一个逻辑怀疑者

对光阴有着无法无天的穿行术

此刻我又获得了一座古今长桥的共时性

服从着我思维的折叠

今日的白色短袖变成了古时的红色长袍

他们的文字如日月经天

照亮了一代又一代人的心扉

我怀揣着敬仰，效法他们

也喝上几口懵懵懂懂的浅酒

去写下我那一首首摇摇晃晃的小诗

诗中蕴含着我的情怀

寄托着我的爱怜……

蓝蓝的九寨

九寨

褪去了它的红色、黄色、绿色和紫色

只留下那绝美的蓝

所有流动的水

都朝着纯洁的方向

洗涤心灵的蓝啊

仿似童话里那恋爱中的鱼

欢快地从一个藏家古老传说的身旁滑过……

九寨

就让蓝的身影永远恣肆地蓝吧

整个九寨正在靠近我渴望的一种姿态

鱼儿吸着蓝在天空游翔

云朵披着蓝在水中飘荡

草木映着蓝在滋润中成长

鸟儿也鸣着蓝向着爱情的源头飞去了

九寨

弥漫着蓝的传说

编织着蓝的故事

欢唱着蓝的情歌

那个纯朴如诗一般美的藏家女孩

动情地告诉我

蓝就是九寨的灵魂，然后

朝着蓝的方向远去了

天，只剩下了醉心的蓝……

雪山可望

雪山可望

远山之上空无所有，只有茫茫的白

遥想站在山巅俯瞰

城郭得其黎民

飞鸟得其翔羽

万物得其自然

傍晚还在进行，积雪高悬于空

大过眼前的荒芜

我一直沿着高原的路向前

豁目微风中摇曳的炊烟

雪山在眼前撒欢，去迎接一场落日

那霭霭的白茫茫一线

似玉龙静卧山巅

落日隐去了

那道白却留在山顶上，成了一抹清淡的人间
遥望中
我把一尘不染的高洁
留在了心间

雪山，我敬畏中的纯洁，高出心中的云端
我爱它们身上的孤傲
爱它们孤傲中最冷最洁的淡烟

雪山可望
山巅上那绵延绝伦的白
那隐隐约约的烟
保持着一种凄美
在阳光到来之时
它们用自己纯粹的生命
齐刷刷地屹立山顶，托起天空的心事万千

向上的力量继续努力着
它们缩紧裸露的身躯
仿佛在暗示人类

看吧，我们以洁白的身躯与白云共守着高洁
身躯里的那看不见的力量
一同匍匐在向上的梦境边

雪山可望
那卓美苍茫似一首悠远而洁净的诗
永远在我心头浮浮而立
因为那是一抹启迪心灵的风景线……

夏至，西樵山

夏至日照的落影不在峨眉山
也不在武当山
在于一团魅惑随意涂抹的西樵山
今天，我在这里与夏至不期而遇

南国的六月时晴时雨
天空放晴时紫外线的穿透力升得很高很高
雨后，那随处可见、遍地摇曳的蒲公英
被雨水夺去的绒毛又会悄然重生

当一场大雨过后
阳光是上天派来的使者
万物重新恢复着新鲜和生动
翩跹的蝴蝶也不经意间落在我的襟袖

山上那些菁草、勿忘我、矢车菊

还有一簇簇叫不出名字的山花

静静地等待着阳光的抚慰

抑或雨水的漂洗

那些花草枝叶的心啊挂在山巅上

开在丰盈得溢出汁液的季节

而万物与夏至的相遇、充沛着圆满的色彩

重访三苏祠致坡公

阳光明媚，柏风浩荡

今天，我再次走进心中敬仰的三苏祠

当然，也又一次踏入了宋朝

很多地方

我只去过一次

就不想再去了

有些地方则值得一直去

它们就像镜子

清晰地照见自己

正如这蕴含着中华文脉的三苏祠

天上的白云很美

却扯不下一缕云朵

当然，我深知这是白云的无形

眉山的巴风岷水

孕育了三苏旷世奇才的风韵

唐宋八大家里

三苏的排序

就如三片桑叶永远绿在云水间

随着苏辙的辙痕跟着马车上的轼木漂泊

今天这里到处都是北宋的时光

柏树上的鳞叶在风中飘荡

那映入眼帘的碑碣、石刻、香炉、匾额、楹联……

这一切的一切令我铭记于心

也许这是因为它们的有形

今天，我站在这里

听柏风裹挟着你用行书书写的豪放沁园春和婉约鹊
　　桥仙

看，你吟一曲悲歌便成了大江的豪放

你抿一口月色就有了小令的婉约

你乐天的情怀释然了大起大落的境遇

你坦荡的胸襟放逐了颠沛流离的悲苦

今天，我站在这里

才知道小峨眉的媚

看，松柏下仿佛有一个梳妆的倩影

在小轩窗里晃动

那可是你幽梦中的家？

哦，不用思量

那是朝云姑娘

着了小乔的嫁衣

从宋走到今

长袖中携了你千古绝句

让宋词美过蓝天白云

美过青山绿水

美得令人惊叹

今天，我站在这里

才知道你为何把酒问青天

因为承天寺的那片清辉

再也掩不住你心里的惆怅

那人世的悲欢离合是你写尽的阴晴圆缺

是你大悲与大爱的组合

由此，我懂得了宋词

今天，我站在这里

才知道你那莫听竹林打叶声的豪放气概

在这里，我汇聚万千的词句

抵不过你一粒文字的分量
我万里的胸襟宽不过你一寸襟怀的坦荡
千里共婵娟啊
你把水调歌头升华为人间的大美

今天，我站在这里
看到了你把酒临风的英姿
看到了你案头上氤氲千年的迤逦的宣纸
听到了你千年永恒的绝唱
任饱蘸月光的浓汁，挥洒成一部中华文史的壮阔
啊！伟哉坡公！壮哉坡公！

今天，我站在这里
不再问今夕何夕
敬献上一束小花
写上致坡公的小令
吟诵你一生的洒脱与忧伤
吟诵你对中华文化的贡献
吟诵我对你高山仰止的敬意……

读《列子·汤问》①遐想

殷墟安阳的月夜，那万户捣衣声

曾响彻黄河两岸

晨曦的河边，母亲洗衣的身影

让我固执地认为，从氏族到部落

经三代到今天

只有水才可洗衣涤布濯垢

《列子·汤问》里关于火浣布的记载

只是古老的神话传说

当我来到韶山冲毛泽东同志纪念馆

看着那一件件打着补丁，破旧而干净的衣服

想着伟人曾经身着这些衣服

蹚过万水千山

蹚过了常人难于蹚过的万般烈火

尽将他皓然如雪的心

付予中华民族

付予中国人民

我恍然醒悟
伟大的有信仰的高洁者必然注定要蹈火的
那火浣如雪的衣
就是他们浴火重生的精神旗帜
就是他们千锤百炼的高尚品质
就是他们走向胜利的坚强意志

注释

① 《列子·汤问》记载："火浣之布，浣之必投于火，布则火色，垢则布色，出火而振之，皓然凝乎雪。"

萌芽

夜深了
雨仍不停地下着
我推开窗，雨从帘缝里淌了进来
惊醒我疲惫的眼睛

案头上，除了我的诗集
还有的就是这深远的雨夜
以及嘀嗒嘀嗒的声音

合上圈点眉注的诗集
听窗外淅沥的雨声
心里便有一种感动
感动中向窗外望去
我重新洞视夜的景致
瞬间也有了新的收获

轻吹的夜风

伴着雨腥味穿过我的书房

书案上便有了思想的颜色

此刻，思绪如羽化之蝶

张开翅膀向窗口翩翩飞出

而感叹

将苍白的日子加深

世界原本是打开的

就像这窗

开启与关闭只是你的心灵

雨仍然下着

夜走向深处

当我准备关窗时，一首新诗露出了雏形

珊瑚湾落日

今天是大暑节气

在三亚最热的时节

我来到这里

不为别的

只为看一眼那抹清凉的落日

在夜幕降临之前

大海调亮了心情

一只海鸥飞过，它的消失

让辽阔的天空更加空旷

远山沉入孤独，那片椰林

努力听懂海风的手语

此刻，我伫立在珊瑚湾畔

浪花溅在掌心里

让我想起流走的那些美好日子

似乎还在什么地方演绎着云淡风轻

霞光在远处的海面上慢慢移动

我望着那些归航的船儿

顺流而下，带着满仓惬意的成果

那壮观的场面来到了，只见一颗赤红赤红的天体落入
　　海中

大海瞬间被染红了

这就是传说中美丽的海湾落日啊

为了目睹这种壮观

我千里迢迢来到这里

当然，也为满足一颗探寻的心

此刻我伸向西边的手掌，没有思想

与海平面形成一条无穷尽的红线，虽然新奇

但这终究抵不过，浅滩尽头的那片珊瑚秀

还有从豁口吹来的含着鱼腥味的海风

当我告别这壮观而又美丽的海湾落日时

天边红得让海燕失声

无论什么时候

在色彩狂奔的路上

声音的归宿就是回到巢穴寂静之中

正如这大海退潮时，那涛声伴着海边的万籁声慢慢回
　　归寂静

落日也是如此

谁听过一颗落日的声响？

此刻

天空静静的落在海里，海落在我空旷无边的心里

万物长在心里

雨停了，山坡湿润
夏日总体的悲伤
是羊儿和花儿的悲伤
不是鹧鸪声中那凄美的悲伤

在悠长而散漫的山坡上
我看到的野花
开在溪水的两旁
对于默默不语的尘世
花是我伤心的美
宛如一棵山丹花的忧伤
那是一种难以名状的苍茫

山上的羊儿，比花儿更寂寞更可怜
它们冒着生命危险抓紧山崖
仿佛抓紧人间欲弃不舍的良心

棉花一样柔软的羊毛

显现出令人心疼的温暖

羊儿也好，花儿也好

它们书写着越来越单薄的家族史

你看到的花儿和羊儿是我心中的一抹痛

花儿一辈子默默无闻地落了又开，开了又落

羊儿一辈子逆来顺受的绒毛被割了一茬又一茬

陡峭的山坡是它们共同的故乡

它们把美好的一面放得低于生活

夏天来了

当我看到这一群群沾亲带故的羊群和野花

我特意去探望人间的这些小亲戚

我真想去穿布衣、饮甘露、居草舍

每天借山风放牧，养育可怜的羊群

每天借山风把蒲公英的种子送向远方

看着它们，我不由自主就会伤感

如果有一天，它们敲响我的门扉

我一点儿都不感到意外

因为它们都是我的亲戚

和世上万物一样

都长在我的心里

爱是诗的灵魂

在岁月的远景里

有羽翼的生灵给我一个微笑

我的目光便向着高处致意

路边小草给我一个招手，我便将目光友善地投向低处

这是我与自然万物心与心的交流

白鹭在浅秋时节飞得更高些

阳光照着其中一只掠过树尖

展开的翅膀

有种欣喜的颤动

人们行色匆匆却难掩愉悦气息的萌动

枝叶在风中摇曳

花草绽放着芬芳

香气以光的形式存在

行走的人们在光影中被飞鸟唤醒

轻松地走在空旷的秋色里

这大地上辽阔的山川湖泊是多么美好

这人世间那雀鸟鸣唱、水草柔软又是多么悦心

那风中的花香和阳光

还有万物充满生机的律动

都是我生命中另一种心跳和血脉

也是我人生中一程又一程的驿站

我是多么热爱这头上空阔的苍穹和脚下苍茫的大地

热爱人世间那五彩缤纷的风土人情和自然风光

而我风雨兼程地奔走

那是因为我要觅寻这诗的灵魂

这灵魂就是对万物的爱

有了爱，才会有发光的诗歌

今夜

温柔月色，缓缓归矣

我愿将我的诗歌化为夜空中的星子

映照出一个又一个闪烁的灿烂

秋色中读杜牧

秋风翻开了扉页
一片枫叶悄然而至
人们都准备阅读秋色
万物立刻呈现出文学性
存在即是游憩于诗

阳光的碎片从枝叶间露水般洒落下来
小鸟在枝头上振了振翅
瞬间飞向空旷的田野

鸟儿的离去
令我产生了疏离感
当然，疏离感是社会心理学的，
而孤寂静观
则是纯美学的，正如晚唐诗人杜牧
那首响亮了千年的《山行》绝唱

"白云生处有人家"

有人家就有爱，就有温暖

在杜牧眼里

那黄昏、远山、枫林

以及脚下的石径，都呈现出暖色调

让人感觉亲切和温暖

这温暖仿佛来自母亲

母亲是温暖和包容的真身

想起母亲，犹如阳光摩顶

在宽慰中获得勇气和希望

"霜叶红于二月花"

这表达了杜牧心底的向往

这凝固了祥云梦想的山系围拢着村落

枫林涌动着脱胎换骨的美

美在爱的温存中弥漫开来，氤氲撩人

是的，秋天很美，从古至今引无数文人骚客吟唱

而美的意义，不再是秋愁秋怨

而是美于意境、韵脚和语言

美于对万物的爱

今天，我在秋色中重读杜牧
产生了莫名的感动，便有了思考和遐想
此刻，我将遐想化为诗意，洒向金色的秋天
并与万物在秋光中相互问候

阅读秋色

今天秋分
一阵高风过后，空间打开
黄叶裹着凉意飘下
金秋真的来了

在这收获的季节
万物都有一个好的结果
尽管有些事物
并未长成你想要的模样
但也许它已经尽力了
这也是一种结果
而你真正想要的
是一种美的感觉
美的收获

在我的心中

美的秋色映象是

山上的果树在赞美的目光中又开始泛红了

树上鼓满了心事的果子

在秋天里与万物携手走向成熟

远天的游云

像一群掠过的秋雁

当我在美景中冒失地撕开秋天的一角

那橙色夕阳中

果子的心事瞬间铺满整个秋天

这就是秋的大美啊

但有时你看到的，不一定是如愿的结果

比如，我昨晚夜宿山中

本意是想阅读迷人的秋色

可是，晨起见到的是露珠成串

烟雨移情成雾

结果什么也看不清

但我却有了新的收获和感悟，那就是

心安则万物皆安，心美则万物皆美

在美的心境下

群山在秋晨的哈欠里，安静得如一幅美丽的油画

炊烟像朦胧诗一样飘浮着

谁在阅读它们，谁的目光像温暖的木柴点亮前方？

此刻，我仅有的一丝小悟

竟然被山寺中那阵空灵的钟声

送进广袤的虚无之中

林间小路幻化诗意遐想

诗可以成为花成为果，成为茶成为酒
它有婉约，有豪迈
婉约时它在唇齿间化出柔软
豪迈时它是骨子里的巨浪
它能激荡风云，它能轻化星月
它以万物当养料
却不以鸟雀为悲喜

如果你愿意欣赏它
它就给你空气，给你阳光，给你水分，给你力量
正如林间这条笔直明亮的小路
如果你愿意直走，就有光明的远方
虽然左侧开满了金光菊
右边开满了松果菊
但黄和紫一样令人愉悦
诗也如此，它的婉约和豪迈一样感动人间
我的诗有婉约也有豪迈

我的颜色也有红和紫的光鲜

高天空旷，没有一丝游云
溪流托着一小片天空在游动
斜阳挂在树梢上，是要照见事物的良善
低头的事物显得低调和内敛
抬头的事物显得高调和光鲜
我穿梭于中间
喜欢低调，也羡慕光鲜
但我深知我的微小
像颗粒一样晃动在人间

秋烟弥漫
我的影子在光的颜色里柔软
我喜欢这林间小路的景色
人为的篇幅，长长的未来
有很多故事在生长
当鸟儿鸣唱的时候
我发自肺腑的诗章
竭力传递出向上的正能量

黄河颂

从三皇五帝的原始"大同"

到新时代构建人类命运共同体

中华民族世代追求的理想

随着九曲黄河奔腾向前

倾泄未来,告慰炎黄

黄河,五千年中华文明的摇篮

裹抱着骠勇善良的民族

择河而居的后裔啊

在西周初年已注册了"中国"的金字招牌

华夏从此在黄河流域壮大起来

黄河之畔,关关雎鸠

邀你聆听美丽的爱情故事

大中原啊,琴瑟四起

逐鹿中原的猎猎旌旗

将烽烟奔腾的岁月

飞舞成一部凝重悠远的中华史

从女娲氏族到炎黄部落
从仰韶彩陶到龙山黑陶
从夏商青铜到"四大发明"
中华上象宽啊
民族的融合
制度的演进
文化的赓续
都装进了中庸中和智慧的梦里
推动历史进程滚滚向前

我痴情黄河
酷爱黄河
敬仰黄河
风雨沧桑的母亲河啊
炎黄子孙世世代代在您的怀抱栖息
饮闻您焕发青春的乳香
积蓄走向未来的力量
去实现中华民族伟大复兴的梦想

夜宿山中

白云之轻之高，致万物静默渺小
上山的路蜿蜒但还顺畅
我拂动衣袖如蝴蝶，翩翩然
步履愉悦如风
心情却以自由奔放为终点
进山环视
蓬户柴门淹没在茂密的林子里
大山深处的山民早已搬离

此刻，登山赏野菊
但却不是悠然见南山的场景
神仙们的暗物质，虽经烈火百炼
但那终不是道家的本意
他们误解了庄子的自然而然
我也不愿多说什么
山泉不竭，从眼前穿过

那不老的秋风

一年又一年都这样掠过

此刻，林中的鸟儿也不停鸣叫着

那啾啾之声，仿佛是爱的共鸣

落日到了树梢的位置

会被一些意外的事物打扰

听，远处伐木的声响

跌进了山涧的小溪里

被流水的声音卡在了下游

有三只灰色的山雀仿佛刚刚出生

它们在那小溪的拐弯处跌跌撞撞地消失了

我真想上前与它们欢然相见

但只能是一厢情愿

峰峦牵着夕阳

溪流驮着晚霞

雨幕突然从山顶盖下

今夜无法回去了

这场雨对我来说是一种阻碍

但在山中，雨下得恰逢其时

植物们如沐甘霖，活得其所
我也远离喧嚣而独享山中的寂静

晨昏的篱墙
在深夜是梦的断崖
今夜，山下也下雨了吗
青梅熟透，那梅子酒的香味牵动念想
我深情地问：你去年的酒还青涩吗

风拂过窗外的玉兰树

我喜欢窗外那棵玉兰树

无论春夏秋冬，始终亮丽挺拔

当花儿绽放时，香气四溢

慰藉着路过的人们

它摒弃浮华修饰

展现品格的坦诚，意志的坚毅

看见了它就看见了高洁与正直

在这深秋季节，一阵西风掠过

色彩正将万物涂黄

树冠、小路、敞开的书窗

迎接着世间风雨也迎接着正午的秋阳

我在阳光下

紧紧的和玉兰树站在一起

亲密些，更亲密些

当暮色降临

风拂过窗几，玉兰树发出沙拉沙拉的声音

我知道，玉兰树在半梦半醒之间

正和我一样汁水饱满

在这收获的季节

孕育着自己的果实

寂静的夜，多么安逸

气垫一样松弛了玉兰树乃至万物的筋骨

我品味着夜的静默

吸吮着大自然的清气

其实，我只想

用心归拢万物的纯美

大海泛舟思远

太阳跳进浩瀚的大海
在波光粼粼的水面，闪现暖黄色的身影
云水交织，天与海勾勒出海天一色的画面
使更远的天际再一次呈现出湛蓝

许多年来，我渴望在海面上看见自己的影子
泛舟大海，在风浪中满足我对沧海的好奇和领悟
正午时分，我踏上了飞舟
实现了多年向往的、令我心潮澎湃的梦想

飞舟的壮行是一次心理和生理的淬炼
长风荡、惊涛涌
风口上飞舟立成一个人，浪头上飞舟激出千层花
浪涛里生出惬意，风波中辞却凡心

飞舟划出白浪，鸥鹭逍遥碧天

云水茫茫，入了诗眼迷了目光啊

前方似有鲸龙升腾

舟过已留洪波巨浪

我重新省悟了千年雪融水、万里船归一的道理

大浪飞舟，我顿觉壮怀激烈

此刻，我突然想到了明代郑和

郑和啊，你拖着残躯

漂泊几万里水路七次下西洋

你竭尽全力

茫茫大海的凶险也阻挡不了你的意志和脚步

你挺立潮头，方向明确

前行！前行！一次次的扬帆起航

开辟出中华民族的海上古丝绸之路

何其伟哉壮哉！

今天，我借飞舟展羽悬翅

驰目漫天金波

聆听，十五世纪海上传来的

——那敲开壁垒的桨声和隐隐约约的涛声

雪落西湖

入冬后，江南第一场雪落在西湖断桥上

落在湖心亭的红墙碧瓦间

落在苏堤白堤的柳梢上

落在光阴的缝隙里

大清朝的君臣曾在西湖看雪，匆匆过客的久远往事

已被白色轻轻抹去

还有白娘子的爱情故事

苏小小的传说

都被历史轻轻翻动了一下，已云消雾散了

春夏秋冬，日月不居

西湖还是那个西湖，雪已是今朝的雪

今天，我这个赏雪人也如雪一样突然而至

心顿时变得洁白无瑕，宽阔无边

任雪落在额头上、双肩上

我伸手接住一片雪花

对于留不住雪的南方

似乎只能用这种方式来印证

——它存在过

——像纯洁的爱

此刻，我伫立在西湖断桥上

领悟"断桥残雪"的大美

如同在梦中彻悟，有人从怀里扬起波涛和烈焰，有人

　　热情地为路人指点迷津

而我瞭望远天，影影绰绰中

把西湖当成恣肆万里的大江大河了

是的，西湖的气概仿佛收拢了千百溪流，归纳了八方

　　喧声，滋养着无数人的心灵

梦醒来，在无边的空旷中

赏雪，遐想

远处，雷峰塔的倒影

被寒风和湖水拉扯得有些扭曲

但西湖印象依然清晰

看，一群黑色的湖鸟

在湖面上拍打着浪花

| 陌上行吟

群鸟在雪色茫茫中展示着惬意姿态

仿佛与雪花试比高低

或静翅，或窜越，椋鸟尤甚

它们在湖面上完美而协调地飞过

如同在白雪织成的宣纸上

挥洒水墨

雪仍在不疾不徐地飘洒

这个带有故乡属性的事物

在我的心里是圣洁的、永恒的

它使万物静默、化解纷扰

听，美丽的西湖深情呢喃着

走向这个冬季的记忆深处：

那个和你一起看雪的人

正打开对话框，写下雪的第一行……

小寒

二十四节气有天荒地老的可然率

世上万物的蓬勃源于一腔生机

我还能够再说些什么呢

在小寒之夜，这样的现实

敲打着人们的思绪

三年来，人人都盼望着吉星高照

可逆水过境，期盼的祥瑞没能庇佑多少疆域

曲折的人生，每个人都要面对

正像一棵树，无法长成另一棵树

这是必然的注定，就算风有了目标

它也不能够成为桥梁

分散的人群，各有各的命运

人生短暂，都说要好好珍惜

可如何珍惜

没有特效的镜头和文字

最终还是靠你自己

暗物质，在天渊
高光体，在街市
历史上虽有痛心疾首的案例
但人类必然更生，必然复兴
使万物澎湃息于水滴之隐
使世间绚丽归于生命的科学规律

青山有绿意
流水有涟漪
红尘有喧嚣
人群有笑语
这才是真实的人间
当然生活的酸涩
也晃动着我们的年华
我们相信，历经酸涩后
将迎来天晴日朗，那些美好的明媚又开始浮现

南靖土楼，永恒的客家乡愁

在丘陵之腹，一座座土楼

如棋子般散布于福建南靖的青山绿水间

几个世纪过去了

从战争抑或天灾中避难的人

只为生存当以无休止的漂泊，迁徙的族群快要抵达大

　　地边缘的时候

他们停了下来

就在那山谷中挖井、开荒、种桑麻

就在那婚娶、生子、修族谱

让每一位后人都不再跋涉

最后落叶归顺了土地

一茬茬新芽从根部返回藤蔓

我仰望这堡垒般的土木建筑

虽然在风雨中露出斑驳的裂隙，却滋生出沧桑之美

那久远的伤痕只有经历漫长的岁月

方能予以救赎

我斜倚着土楼橙黄色的墙壁

几片云朵，远远地游过来

仿佛能听到中原那遥远的马蹄声

在这里找到尘世间的幸福

哪怕那幸福很微薄，不可言说

但安居胜于安邦，落脚就是心安

搭六方檐角，修三尺河岸，种一片榕林

让房子围拢成句号

收留落日、归鸟

消解奔波中的倦容

重建一个天圆地方的故乡

我凝视这精雕细琢的圆形美学家园

把它定义为是客家人的生命胎记

如同周代青铜器上金文的铭迹，清晰可见

并在客家人的骨络里繁殖成长

在这圆形的天空下

一个家族最初的故事与最终的生活

都在烟火中沉淀、升华

今天，我逾越千里途陌来到这里
拜访这极富美感的神话世界，感慨万千
请为我留下三碗客家米酒
让我醉在这大观"圆"的梦幻里

怀念母亲

怀念是旧相框上的尘埃
拂去一层
又落上一层
永远挥之不去

相框里的照片
定格的音容笑貌
是一种遥远的回忆
又是近在咫尺的牵挂

今天，我想变成一瓣光影
从早晨到夜里，慢慢地从她相框的这头踱到那边
就像当年，母亲花一整天的时间
目送远行的儿子
越走越远，直到地平线的明月出现

三十多年来

在我的梦里

母亲总是伴着暖色调出现

让我感到亲切和仁慈

她站在远处，和邻居说着话

那些逝去的人们还活着，走在大街上

有时她从我身旁走过

一言不发

但眼神是那样慈祥

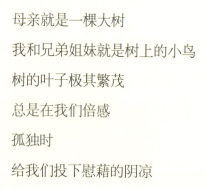

母亲就是一棵大树

我和兄弟姐妹就是树上的小鸟

树的叶子极其繁茂

总是在我们倍感

孤独时

给我们投下慰藉的阴凉

母亲就是宽容和呵护的名词

以至于我们依靠时

内心是如此的饱满和踏实

但有时候

又有泪眼模糊的思念和哀伤

今天，母亲节到了

我的诗啊有艾青诗中的意象

那挂马车上是我的母亲吗？

您要到哪儿呢？到哪儿去呢？

此刻，泪水溢流成河

思念都是忧伤

您能听到吗？

我的亲娘……

诗情

当我将全部精力用在创作的时候
那碰触我心的语言符号
是两个美丽的汉字——诗情

当我用诗歌吟哦
这些美好分行的文字
跌宕起伏
有时慰藉，有时释怀
有时婉约，有时豪迈
我真想知道那触动我心的诗情到底源于哪儿

我时常沉迷于孤灯与书案
思维总是在六合间发散
有时恍然想起儿时故乡秋日的河畔
金色的河流清澈无边
一丛芦苇在悄悄变黄

骤然间，又想起故乡的桃林是多么亲切诱人

儿时那逶迤不尽的土城墙是多么壮观

那长尾巴的花喜鹊是否还在枝头上嬉戏着

当月亮露出笑脸，梦中的故乡可曾在温情中甜眠

这些或许就是诗情诗意的源泉？

我时常在案头追踪着心中的梦幻

很多时候忽略了时间

为寻佳句通宵达旦

有时暗暗沉思：这样痴迷诗歌是为哪般？

无数次地问询自己

又年复一年创作不断

我深知，我已迷上了诗歌

我也常为这样的着迷惶惑

但每当新的灵感出现

我仍然会沉浸其中

因为，我已经被那说不出的圣洁

和早已被人们忽略了的使命感驱使向前

此刻，星子闪耀河汉

诗意的夜空璀璨迷人

我依旧拉密帘儿，兴致盎然地拿起手中的笔

我突然触到了时空的永恒

诗歌的悠远

走进文成安福寺

安福寺的山门古朴典雅，呈褐红色
像僧袍的一角
山门外的日朗月溪里
泉水孱弱
淌着诵经细碎的余音

山门易进，但红尘难隔
三支香点燃后，有人信誓旦旦
有人祈福心愿
如果有人回头是岸，就会有人迷途不知返

你看，佛前开出的莲花
一定也与此有关
林深处的这座禅寺
没有大雄宝殿
有别于其他禅寺的观念

佛的世界总是相互辩驳，除了扳倒的岁月

从来没有统一的答案

安福寺像花的蕊

群山朝外开出花瓣

山后那通向怀老院的路

成为它的茎

佛的手拈起又放下

世间的爱恨也过了几个轮回

有人来到这里哭了

想踏入波心，想要它的蜜

有人来到这里笑了，终于成为居士的禅院

也有人从这里离开，淡然而释然

身后的影子

像一棵落地的菩提

我今天顶着冷风，穿行而过

听菩萨的传说和古寺钟声

那座座神像光洁的脸上

映印着佛的神秘

经堂上众僧都是背对时间打坐

我想，那过去的事物依然会占据他们的心灵

虽然用他们的手，敲响今日的木鱼

他们坐在那里念念有词

我站在那里默默无语

在檀香缭绕的氤氲里

我和他们各有自己的信仰天地……

听你们朗诵

今夜，在南粤大地上一个小小角落

一群朗诵者

拂去种种包装

包括职业，甚至年龄

在这诗意纯粹的氛围中

朗诵我的作品

用心用情　神情庄重

带着些许的羞涩

难掩心中的激动和紧张

你们不是专业的朗诵者

诗和远方是你们追求的梦想

在这美好的夜晚进行着二次创作

迥然不同的口音

时而如云山雾绕

时而似溪水流淌

有声有色，把倾听者带往远方

你们是事业心极强的大孩子
来自四面八方
带着喜悦、爱好，追求和沧桑
透着思考、激情，自燃和欢畅
山河草木 、人间烟火塑造了你们的一切
向往、探寻、感慨、赞赏
都在你们朗诵的气息里
时疾时徐　自然奔放

听着你们的朗诵
一种圣洁感，一种超然物外的魅力
瞬间，笼罩了天地
我的心像大海一样无法平静
你们的声音仿佛一挂流水站在崖头
飞流直下　溅起强烈的回荡
这回荡就是心灵感奋的回响

今夜，让我挤出红尘的喧嚣

从心中逼仄的门缝

独望银河那一袭月影

喜泣低吟

你们就是月光下纯洁和美好的象征

跨越万水千山

让我们以诗为媒

相识共勉于人生的旅途上

此刻，抬头仰望

诗意的天空

群星闪烁

月色正亮

古体诗

途陌行吟

山河壮美弥望眼，
文旅觅寻史详参。
途陌且当诗书读，
一卷摊开万里远。

陌上寻春

东风轻拂陌上行，
南枝雨后浴新晴。
远山层林意盎然，
近水波头挂潺声。
蝶翅展开花烂漫，
蜂鸣驿动客心旌。
山川风物帘外吟，
莫负春光明媚情。

踏春

阡陌新绿粉黛丛，
寺前溪水落疏钟。
阳光邀我傍明媚，
心花笑绽春风中。

居家

疫情折返居家卧，
闭门史考效东坡。
三篇杂句书还泛，
一日时光废也多。

咏阳台君子兰

浅浅玉润却月①幽，

勃勃生机衔晨露。

阳台高风吹岚斜，

倩影近赏映清流。

自信万物归大化，

心海无边渡长舟。

不做随波逐尘客，

与君共洁为同俦②。

注释

①却月：半圆的月亮。这里借指形似半月的花盆。
②同俦：同侪，同类。

端午怀古

离骚吟罢端阳临，
一握江头思忠魂。
春秋一览知兴替，
论语百读开胸襟。
华夏多少圣贤事，
凭古怅惜屈子心。
汨罗万里寻何处，
苇叶缠粽寄向君。

岷江极目

长风万里卷雾烟，

极目野舟下长川。

碧波茫茫天接水，

不废岷江滚滚前。

过四川茂县蚕陵重镇

茶马古道千户都①，

远蜀蚕陵已模糊。

溪叠秀水成碧海②，

要塞今现新河图。

注释

①千户都：蚕陵重镇作为茶马古道的重要通道，在明代初设置为千户都，今属四川茂县叠溪。

②碧海：蚕陵重镇下游的岷江河道，因1933年一场地震形成了一个堰塞湖，便是现在的叠溪海子。

青山闲居 庚子岁蘇少白画

谒杜甫草堂感咏

少陵笔下云卷舒，
慷慨悲歌作浩赋。
纵使秋风破草堂，
怜叹寒士无一庐。
潺潺溪水意不禁，
纷纷落叶身无主。
柴门卑微情最重，
心系苍生任沉浮。

峨眉山纪行

杖藜青峰间，
峨眉迤逦远。
凭栏金顶上，
千里斜阳转。
岁月山中老，
烟霞象外闲。
幽悠谁得知？
心清自潺潺。

观都江堰有悟

无坝引水智慧行，
旱涝从人李冰功。
岷江滔滔一分二，
川垠茫茫万物生。
天付真情灌农桑，
地存道义预防洪。
冥冥似有龙遏水，
人化自然起正声。

访青城山

半天烟霞映青城,

古庙烛红照眼明。

旧客仍恋常道观①,

新知却话白素贞。

彻耳瀑布源何处,

极目崖间路几层。

访道偏觉日影短,

携得满袖清风行。

注释

①常观道:亦称天师洞,东汉时张道陵曾在此修行。

访成都宽窄巷子

古巷苍苍烟柳风，
雕窗浅浅蜀锦红。
莫谈世道多宽窄，
燃尽激情变脸功。

过湘西凤凰古城

夕色染碧水，

古镇绣闺帏。

沱江依窗叠，

凤城壁映辉。

诗怀接千古，

琴瑟听浅醉。

兼程远嚣氛，

红尘旅人归。

夏日荷趣

才痴荔园千卷画，
又醉荷池万重波。
雨声沥沥枝头绕，
丹心片片清水卧。

圆月吟^①

月满醒苍穹，

清辉撒九重。

星子摇露华，

嫦娥舞袖宫。

人间皆仰望，

藉此豁我胸。

瑶台天象变，

惊醒吴刚梦。

注释

①2022年7月13日17时06分月亮运行到全年最近的"近地点"，
月亮最大最圆，是罕见的大满月。

夏夜

星汉灿烂沐薰风，
人间迎来夏意浓。
过往春秋结蜃槎，
案头寻觅旧时空。

夏日黄昏远山图

斜阳有情绣霞红，
雀鸟晚栖绕林行。
隐隐山色苍茫意，
历历豁目看劲风。

八一建军节忆军号声

浴火红绸卷阵云，

声声号角振乾坤。

硝烟狂涛砺雄胆，

钢铸身躯血铸魂。

雨夜

帘外雨斜暮色深，
万籁絮语入幽尘。
吟章每叹圣贤远，
为谁夜写醉花阴？

东湖公园漫兴

枝头摇翠露晶莹，
一阵新雨湿鸟声。
游人不觉夏离去，
秋盈祥瑞撒金风。
曲径难掩暗香韵，
深丛仍有双蝶影。
湖边揽胜吟佳句，
且把情思寄新程。

佛山遇友

珠水滔滔白鹭飞，

江边高阁饮斜晖。

古庙钟声随风起，

长流诗瓢经岁违。

杯底醇香初入定，

眼中长河不复回。

系马南枝①心犹在，

远客迟迟不愿归。

注释

①南枝：出自《古诗十九首·行行重行行》有"胡马依北风，越
鸟巢南枝"。南枝作为诗歌意象，有怀乡之意。

中秋

中秋玉镜照碧天，
嫦娥吴刚问人圆。
天涯今宵皆仰望，
醑酒邀月吟婵娟。

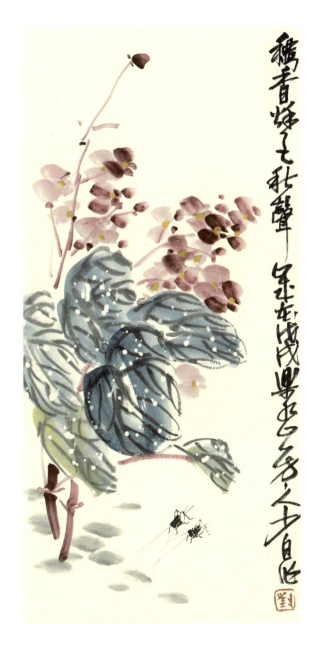

中秋共婵娟

秋色斑斓连碧天，
喜望晴空雁归南。
中秋凭阑笙歌醉，
我寄小诗携婵娟。

登云门山

重游云门结诗俦，
邂逅美景惬意悠。
古寺为邻云崖下，
尼庵雾绕山中留。
行来禅堂香缭鬓，
庙食仍归黄道周。
摘云揽月峰顶上，
天地风情望眼收。

过云门山玻璃桥

行空向险心潮涌，
天横云纵踏长虹。
世间多少青云客，
何曾惧高怕透明。

壬寅重九登白云山

岩浮翠色鸟自闲，
又登山巅寻壮观。
凌风凭高望四野，
松啸竹鸣起苍烟。
峰壑不为骤雨动，
天声荡胸吾泰然。
最是极顶挥毫处，
崖仞为笔云作笺。

壬寅寒露晚眺

一树棠梨隔溪桥，
寒露时节叶萧萧。
秋气滞晚银河冷，
星月随雁归暮梢。

秋夜漫成

银汉皎皎月半弯，

西风萧萧小轩寒。

煌煌灯火人不昧，

瑟瑟枝柯夜未阑。

词客情醉真善美，

不学宋玉秋泪潸①。

须信人生有好梦，

诗成千首心花绽。

注释

①宋玉《九辩》之"悲哉，秋之为气也"，被喻为"悲秋之祖"。

霜降吟怀

霜叶摇枝弦，
花瘦暮秋寒。
词客意象在，
岁月总斑斓。

秋风咏

霜浸烟树萧疏静，

花饮鹅黄生落英。

鸿雁飞时芦荻晚，

西风起处露华零。

独立寒秋思旷远，

峥嵘岁月见从容。

山河壮美弥望眼，

天地斑斓唱大风。

立冬登山咏怀

秀峰巍峨北风凉，
峡谷烟雨洗冷霜。
凭高揽云纵复横，
放怀驰目渺苍茫。

小雪夜案头拾句

北风萧萧帘月淡，
霜枝摇曳小雪寒。
词客情深何处去，
凝成佳句入毫端。

冬至日羊城街头拾韵

白鹭数点枝头立，
绿水三尺河涌逝。
蒹葭婆娑浅滩上，
阳生冬至路人稀。

题友人生态小园

紫薇黄菊屋角西，

金瓜阳桃压墙低。

小楼九曲登高处，

扁舟一叶过长溪。

再品杜甫情怀

少陵情怀期大同，

写尽民间愁几层？

品诗今溅两行泪，

尧天舜甸九州梦。

访福清石竹山

嶙石奇竹茏翠木，
千年紫气隐道符。
九仙宫内迎霞客，
最是名山神坛浮。
古人祈梦灵如响，
中华梦乡堪俦无。
行来庙廊香缭鬓，
归去疏钟韵携福。

栝苍山谒刘基^①庙

大明乾坤谁裁剪，

伯温神机破虏元。

无奈江山随朱姓，

栝苍夫子殇暮烟。

笑我匆匆三百步，

跨它悠悠八百年。

莫向庙宇看废垒，

不朽丰碑耸人间。

注释

①刘基，别名刘青田，字伯温。浙江文成县人。元末明初军事家、政治家、文学家。明朝开国元勋、第一功臣。料事如神，人称夫子。其家乡有一名山为栝苍山，常自称为"栝苍刘基"。

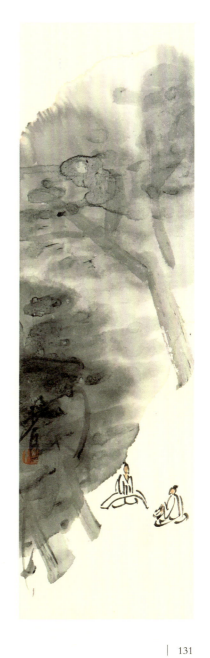

罗浮山纪行

稚川罗浮修老道，

烧丹炼液创灵药。

青蒿一握肘后方，

呦呦千年再汋淘。

先贤智慧今赓续，

诺奖赫赫缘瑞草。

最是中药堪称奇，

甘为人类献瑰宝。

腊八漫成

几度蟾宫把桂折，
凭信妙笔走龙蛇。
词穿谷底涌泉韵，
诗上云头摘平仄。
常吟新句慰沧桑，
暮得夕照晨得月。
体康又吟将进酒，
两眉攒后启新节。

元旦

青阳逼岁尽，
不堪忆旧年。
时令撒和气，
明日六合安。

元宵遇雨

元夕望舒隐雨天，
云掩孤光不觉寒。
万户今宵心仰月，
千家醉酒共圆盏。
人间几度伤往事，
沧海曾几变桑田。
春风浩荡平野旷，
真如自在是平凡。

品茗

老枞新烹色半黄，
人间仙品撒清香。
茗花数点韵含雨，
月露半杯醉菘堂。

英德品茗有怀

高香醇郁韵醉人，
静观细品识苦心。
沉浮一缕清莹色，
冷暖三道遇知音。

夜读《中国通史》

帘外纤纤月,

典籍卷卷叠。

泱泱华夏史,

潜心畅遐阅。

百世阙文悠,

千载遗韵掘。

赓续文脉路,

不惧程门雪①。

注释

①程门雪：出自典故《程门立雪》。宋代杨时冒雪拜访程颐，而
程颐正在睡觉，杨时就在门外的雪里站着，恭候老师。这里指求
学一定要有毅力，信念必须坚定。

诗痴自描

为寻秀句酌千遍，
案头寂寂五更眠。
纵横万笺成诗痴，
心扉洞开桃花源。

華南言高文鶴壽子
醉書平者

词

蝶恋花·春日漫步故乡沙河滨

日照紫陌柳含娇。绿水新岸，玉阶香风绕。
河滨亭阁竞娉婷，盈盈一脉谁识巢？

又回长堤踏莎草。扶桑转涌，离别音容杳。
故土情浓乡愁老，心中写满思恋抄。

木兰花慢·孟春白云山记游韵援草窗例

登云山之巅，抬眼望，春弥漫。

看雨水时节，百卉竞发，喜上眉端。

峰峦。林皋繁盛，听莺啭燕呢语空山。

风吹阴霾消散，人间如此温暖。

雨霁。虹霓腾天。登临意，壮怀远。

正春光涌洒，万物蓬勃，壮美江山。

阳艳。逶迤夺目，有碧波翠涛任舒卷。

绵绵惬意盈心，阳春一曲正酣。

水调歌头·登重庆朝天扬帆摩天大楼

行别九寨雨，晴上山城楼。

薄雾层岭初染，白鹭鹜沙洲。

高处凭栏远目，浩渺烟波万顷，朝天一码头。

尽揽雾都胜，两江万古流。

巴天阔，南山碧，嘉陵秀。

红岩精神赓续，激励大神州。

梦幻重庆时代，绒如晨昏自警，未敢忘乐忧。

夕照斜晖里，楼记今朝留。

西江月·乐山大佛

浅笑如凝如动，微暝如睡如察。
乐山金像静结跏，苔护佛影雀话。

山前佛我相望，江上疏雨喧哗。
我持清风两袖花，飘向莲台之下。

踏莎行·过松潘烽火台

高台巍巍，荒原一线，俨如烽火连远天。
金戈铁马啸半垒，声声鼓角边关传。

蹉跎岁月，过眼云烟，古时要塞今朝闲。
极目松潘三千里，欣看人间鲜花漫。

江城子·青城山放怀

长云扶崖日飞凌。道观净,青城青。

松啸风鸣,烟雨夜半听。三千年古蜀旧韵。

过者化,来者品。

蜀国仙山气象森。天法道,自然凭。

历尽沧桑,信仰重千斤。

三十载剑箫同行,江山赋,黎民心。

一剪梅·儿童节感怀

一握年华似扁舟，烟水轻柔，淡月轻柔。
枝头鸟鸣新雨后，眉上无忧，梦里无忧。

纸鸢逐雁竞风流，不解春愁，不弄春愁。
少时童趣溢层楼，心上勾留，笔下勾留。

西江月·夏日傍晚江边漫步

向晚薰风浅浅，岸柳绿间柔黄。

天接云帆远影扬，惹得波心轻荡。

暮地蛙声鼓鸣，鸥鹭褶皱斜阳。

一江满满是霞光，目送红流漾漾。

醉太平·与远方诗友相聚羊城茶室

诗中远方，花城小巷。
凉衫且伴行囊，有斜阳在场。

街灯淡镶，茗香漫飏。
相逢敲词酌唱，吟啸慰沧桑。

采桑子·三亚珊瑚湾吟怀

椰青蕉绿拂世尘，衣上馨鲜，笔下词鲜，
天涯海角沧叠蓝。

珊瑚湾畔凭栏望，目在天边，耳在涛边，
心在天地万物间。

虞美人·听雨

一袭风雨任疏狂，　独自凭栏望。

听取天光流绮韵，坐看云起雨飞暗香馨。

翰墨诗怀遣瓯绿，人约黄昏时。

小词归雁听烟楼，蝶梦悠悠庄梦也悠悠。

155

浣溪沙·处暑寄兴

浅浅荷风送暗香，垄上最美稻花放。
秋蝉饮露趁新凉。

绵绵季候夏渐远，茫茫人海喧声长。
万物同生共荣扬。

卜算子·秋色夕照

江边沐斜阳，醉把秋怀倚。
金风吹黄千层芦，蛙声漫小池。

云淡雁南归，垄上制新诗。
嵌入天地澄黄色，秋在斑斓里。

贺新郎·《阳光明媚的日子》付梓感咏

时光铺玉案，寻佳句、五更未眠，不觉清苦。

春夏秋冬卷琳琅，独自凭栏襦袴。

心怀远、万顷诗露。

亥豕鲁鱼除务尽，编校绝韦夜听蝉暮。

芟稗草，梓终付。

华夏文明垂千古。

颂复兴、诗词盛事，籍学逐鹿。

中华文脉当延续，纵观青史繁巨。

效至圣、六经删述。

啸吟词章兴国粹，看无边秋色金果熟。

风雅颂，神州赋。

破阵子·送战友

庾岭长空鹰叫，澜河浪驮斜阳。

古道送君回旧地，天泽留吾守宝藏，初心未曾忘。

昔日相逢柳营，三年军旅回乡。

多少战友匆匆别，只留梦中情意长，醒来望月光。

西江月·寺中悟

日照檐头金瓦，初秋寒意犹微。
萧疏菩提掩双扉，佛我隔门相对。

茫茫九派舍谁，已有信仰可追。
堪堪尽我使命摧，拼却霜鬓尽瘁。

瑶台聚八仙·金秋诗会感怀

秋色款款，天正好，黄花笑绽窗前。

硕果吐红，应是收获满满。

浅浅亭榭度暗香，深深庭院吟啸远。

依栏望，斜晖金风，征尘飘散。

盛会依稀漫赏，且酣畅激越，烟云尽卷。

流水高山，白露初携轻寒。

豪赋词章三千，却不学宋玉临秋叹。

任凭信，诗海同放棹，万里锦帆。

鹧鸪天 · 致园丁

秋色斑斓树隐墙，殷勤教嘱育群芳。
学子忌醉乌纱梦，师者嗤迷紫蟒装。

情怀深，政治强，思维弥新视野广。
一生秉烛映民魂，九州复兴筑栋梁。

鹊桥仙·北江远眺

祥云曜日，绿柳依依，翠连凌波如碧。
霞映远山登高台，放眼望，水逝天际。

亭榭渡口，行人岸上，欲问今夕何夕。
长风万里送舟帆，又惊起，洲鹭振翅。

临江仙·贺祖国华诞

江山怀民万象悦，中华无边风月。

银花火树破霾阶。四海撒鹊音，九州漫喜节。

壮怀成铁筑新梦，华夏旌旗猎猎。

迎国庆雁翔鱼跃。赫日东方举，盛世傲天阙。

巫山一段云·国庆节朋友来穗，临别感吟

一阙长亭别，白鹭只影遐。
人行陌上啼声脆，风过飞金花。

折柳堤岸处，烟波送晚霞。
酒力渐消斜阳外，人却已天涯。

临江仙·夜读

陌上紫薇浅浅，阶前银杏如金。

露染黄花庭院深，青灯摇玉案，弥照夜读人。

临窗披月微吟，一团秋风敲门。

心廓放入此乾坤，华夏典籍胜，驰目似梭奔。

西江月·谒中山雍陌村郑观应[①]故居

香山粉黛雍陌，丽日霜天古榕。

思想先驱留遗踪，引我前来寻梦。

药圃易生芳草，当垆少见观应。

危言何妨再耸听，功业可鉴平生。

注释

①郑观应，中山市三乡镇雍陌村人。他1894年著成《盛世危言》，系统地阐述了他维新图强的思想探索，影响了孙中山、毛泽东等一代伟人，也启发了康有为、梁启超等改良主义思想家。此书成就了他一代思想先驱的美名。

鹊桥仙·秋访瑶寨

白烟隐谷，黄花凝露，古寨松韵争渡。
篱墙斜晖问双鹤，欲寄宿、该栖何处？

丹凤语促，天音难读，月映瑶笛竹舞。
秋雁鸣晚帘幕挂，渐忘却、穗城归路。

水调歌头 · 伶仃洋放怀

海阔连云天，万里锦帆浮。

鸥鹭又点斜阳，烟波荡洲渚。

我欲啸吟苍茫，不问王郎五马，骋怀作长赋。

临水一支笛，天涯留行迹。

驾快艇，携雪浪，脍新鲈。

胜揽碧涛卷舒，浩渺弥远目。

莫道秋光憔悴，季候须臾轮回，今唱水调曲：

诵我九州盛，新梦萦新词。

念奴娇·虎门炮台怀古

狮子洋边，眺洪波万里，雪涛舒卷。

武山虎山雄风起，疑是不周崩断。

龙举澄空，大浪淘渚，啸江海苍山。

长风浩荡，正吹林霭飞展。

赫赫炮台威远，沧桑历尽，问烽火谁燃?

鸦片销尽冲云霄，抗英寇斩凶顽。

义勇之冢，节兵义坟，峥峥矗人间。

虎门销烟，壮举惊掠天汉。

水调歌头·鼓浪屿

琴岛柳丝雨，微润榕梢头。

迟飞新絮无寄，角梅共白鸥。

驰目浪击礁石，千里飘忽望眼，叠翠掩朱楼。

邂逅洲屿美，投词咏龙头。

红日出，苍山远，狂潮吼。

鼓浪滔水，名屿有情结诗俦。

犹慨晃岩耸峙，搅动天风雷霆，曾将台岛收。

凯帆济闽海，悠悠青史留。

浣溪沙 · 武夷山啜茶

漫行武夷迷望眼，传奇红袍悬半岩。
弱水三千兴慨然。

茗花点点撒香韵，魁品缕缕化清烟。
夫复三杯人间仙。

破阵子·登平潭将军山

山巅长空鹰翔，海阔洪波鼓浪。

风卷残云天外落，宝岛台湾遥相望，使命未曾忘。

当年平潭军演，三军威震四方。

今有航母纵苍海，何惧霸权独猖狂，定当一统强。

水调歌头·双月湾观海

苍海舞玉龙，长风激浪鸣。

高台揽胜，惊涛狂啸弥天庭。

放眼千里层烟，祥云巡弋波头，白鸥栖岛峰。

鲙鱼载船满，且酬老渔翁。

忆往昔，曾此地，捣鲨鲸？

碧帘依旧，灰鹭戏水斜阳冲。

早契万顷金波，欢游凤沼鳌扉，双月著亲功。

大鹏看飞举，超然谩勋庸。

水调歌头·浈阳峡

长风荡仞壁，北江越谷洲。

双峰夹岸对峙，苍波逐沙鸥。

断目茫茫逝水，悬云飘忽远山，迷雾遮千舟。

今瞻造化美，谁不爱晴柔。

险峭耸，巨浪泻，惊涛吼。

浈阳幻峡，峥嵘叠翠丽景留。

驰洪咆哮入海，搅动天雷激瀑，更使鲸龙愁。

奔腾破崖阻，滚滚大江流。

蝶恋花·除夕

莫向人生求自主，多少无凭，可堪看赓古。
惘惘中怀如夜宇，永日愁云浮槎渡。

皆被春风荡作土，恨也山高，且应同吹去。
今宵抿酒旧岁除，不觉抬头朝霞出。

水调歌头 · 星湖泛舟寄怀

北斗降星湖^①，碧浪九天惊。

淡月纵影扬波，列子御大风。

吹落七颗星岩，逐化琉璃万顷，摇荡水晶宫。

今日弄扁舟，藉此豁吾胸。

仰苍茫，踏浩渺，揽葱茏。

云中鸿雁，天际来去啸从容。

遥思铁面包公^②，欲问青天何处，千年世称颂。

古今贤达士，浩然气吞嬴。

注释

①星湖：在肇庆市区北部。因湖面七颗峰岩点缀如北斗七星，故名。

②包公：指宋代名臣包拯，为官刚正廉明，不畏权贵，执法公正，铁面无私，包拯曾任端州（肇庆古称）府尹三年，千百年来一直为世人称颂，人称包青天。

诗释词牌

百代词祖菩萨蛮

高髻金冠璎珞体，

女蛮南诏源异域。

百代词祖菩萨蛮，

李白意象展虹霓。

凄凄哀怨温氏调，

缕缕女香花间集。

稼轩一洗胭脂黛，

别开生面明媚词。

诗释

　　"菩萨蛮"带有浓烈的异域色彩，据唐苏鹗《杜阳杂编》载，"菩萨蛮"源自女蛮国（即南诏国，今云南省)。该地域女子"高髻金冠，璎珞被体"的形象很像菩萨。

　　这一异质文化现象，很快成为唐代诗人创作热点。那首相传为李白所作的菩萨蛮，也被称为"百代词曲之祖"。从五代温庭筠到朱淑真，大多用此调描写闺情的凄美婉怨。而南宋辛稼轩的豪放之作，彻底改变了"菩萨蛮"的粉黛形象，开辟了一个全新境界。

美学范式念奴娇

玄宗遣发念奴诏，
声出朝霞上九霄。
二十五郎笛相和，
钟鼓笙竽莫能嘈。
念奴意象化词牌，
苏公发端念奴娇。
豪放词派贯日月，
美学范式千古耀。

诗释

念奴是唐朝天宝年间的著名歌伎。传说唐玄宗曾作曲填词，命念奴歌唱，果然"娇滴滴如夜莺啼鸣，婉转转似百灵放歌，活泼泼如鸳鸯戏水"。故将此曲定名为《念奴娇》。

很多年后，歌伎念奴的意象转化为曲调《念奴娇》，从而完成了一次文化上的迁移与飞跃。这一现象在文化发展史上并不鲜见，然而由于"念奴"二字所蕴含的特殊魅力，能够激发读者的想象力，因此人们对"念奴"或"念奴娇"充满了种种浪漫的遐想。

谁是第一个用"念奴娇"词牌的人至今已不可考。从文化的角度看，我认为苏轼理所当然是"念奴娇"这一艺术意象的真正创造者。苏公因"乌台诗案"被贬，在黄州，他写下了豪放杰出独步千古的豪放词《念奴娇·赤壁怀古》。这是千年词史上有着豪迈气概、壮丽画面和鲜明人物形象的作品。

在我看来，苏轼的《江城子·密州出猎》是豪放词的发端之作，而《念奴娇·赤壁怀古》则是豪放词派标志性奠基作品。苏公此词横空出世后，"念奴娇"便成了雄健豪放之词的一个象征性符号。该词牌便成了后世词人最喜欢用的词调，也留下了大气磅礴传颂千古的佳作。

大气磅礴沁园春

东汉公主明帝女，

沁水园林伤心碧。

窦氏仗权夺庄园，

后人作诗吟史事。

潜行千年遇曾巩，

沁园春波化牌曲。

苏辛豪放喜此调，

雄深雅健贯永日。

诗释

东汉明帝刘庄为女儿沁水公主兴建一座园林，史称沁园。明帝子章帝刘炟建初二年，外戚窦宪倚权强夺此园。后人曾作诗讽刺，词调"沁园春"之得名大抵源于此。

一千年后，"沁园春"在宋代发光。我研究认为，现存最早的《沁园春·腊梅》是北宋文学家、诗人曾巩留下的。而其后张先和苏轼的作品都比此作晚了二十年。

"沁园春"在整个北宋时期似乎还不太"热门"，仅有张先、苏轼、黄庭坚、秦观、毛滂等十多人留下的十多首作品。《词谱》将苏轼的列为本调之正题。

南宋偏安屈辱的现实，使"沁园春"这样能够容纳更多内容的长调有了大的发展。在整个南宋词坛，此调作品数量大幅度增加。在国家危亡的大背景下，"沁园春"也和"念奴娇""满江红"等一样，成了南宋豪放派词人喜欢使用的长调。

纵观词史，豪放词始终是"沁园春"调的最强音，以苏轼、辛弃疾、刘克庄等为代表的豪放词人，以他们的如火激情为"沁园春"留下了大气磅礴的文字。这铿锵的音符，已深深潜入人们的永恒记忆中。

慷慨激越江城子

帝都金陵筑悲情，
六代偏安小朝廷。
欧阳壮吟江城子，
凄美冷月照古城。
苏公密州亲射虎，
旷世豪放唱大风。
超脱绵绵柳七郎，
唐诗宋词傲时空。

诗释

　　当后蜀欧阳炯写下那首《花间集》中颇为另类的《江城子》时，江城金陵便成了人们兴亡感慨的地方，也成了文人骚客千年吟唱的永恒悲情符号。

　　我认为《江城子》是欧阳炯献给千年词史最有价值的贡献。不论他的艳词如何不堪，就凭这首《江城子》，他就可以不朽了。

　　公元1075年，也就是距欧阳炯写《江城子》约100年后，苏轼来到密州，同样以"江城子"词调写下了《密州出猎》这一改变文史的杰作。从此超脱了柳七郎风味，豪放词派横空出世。而词这个被称为"诗余"的领域便有了清空旷远、豪迈奔放、雄奇飘逸的千年气象，也有了与唐诗双峰并峙的资格，从而进入了浩大无垠的中华文明永恒的时空领域。

盈盈河汉鹊桥仙

天风海雨逼人远，
痴牛呆女情缠绵。
千古词客七夕赋，
永叔首制鹊桥仙。
苏轼运典浮槎游，
最负盛名属秦观。
情长不在朝和暮，
胜却无数非等闲。

诗释

词牌"鹊桥仙"是源自牛郎织女的著名民间故事。《词谱》云:"此调有两体,五十六字者始自欧阳修,八十字者始于柳永。"又解:"此调多赋七夕,以欧体为正体。"

据《词谱》记载:欧词中有"鹊有桥路接天津"句,虽取为调名,成为《鹊桥仙》首创作品。苏轼则借刘向《列仙传》和张华《博物志》的两个典故入词,其豪迈飘逸自有特殊价值。但"鹊桥仙"最具艺术感染力的作品当属秦观所作。

那"两情若是长久时,又岂在朝朝暮暮"已成为千古名句,最能醒人心目。本调还有"七夕"题材之外的佳作,如周敦儒、陆游、吴潜等都是壮怀激烈的仰天长啸,这也是"鹊桥仙"千古绝唱的另一种壮美意象。

美好意象临江仙

烟波浩淼江河澈，

湘妃洛神临江仙。

凌波罗袜曹植赋，

楚王美梦醉巫山。

五代张泌制此调，

牛氏本色在花间。

宋人摆脱多缘题，

千年意象归小晏。

诗释

　　"临江仙"是中国文化的特殊意象。无论是湘妃、洛神或高唐神女，都给人一种美丽女神凭临大江凌波烟水之上的艺术想象。

　　五代张泌是千年词史上最早用"临江仙"的词家。在花间词人中，牛希济却是创作"临江仙"最多的"本色"词人。而宋代"临江仙"最出色的作品，我认为应该是晏几道（俗称小晏，他父亲是晏殊）创作的《小山词·自序》，已经摆脱了"多缘题所赋"的局限，开始了抒发内心真挚感情的蜕变。"当时明月在，曾照彩云归。"这千年的特殊意象，今天依然美好……

浅浅弥弥西江月

江月照临万古悠，
弥弥清辉洒九州。
欧阳浅唱西江月，
柳永正体塑风流。
横空隐隐苏公旷，
烟波万顷鲁直舟。
稼轩行吟黄沙道，
一轮夜光西江流。

诗释

　　"西江月"作为一个特殊的文化符号，是无数文人墨客喜欢的意象。据《调谱》说："此调始于欧阳炯，但以柳调为正体。"故后人皆用柳永词格式。

　　苏轼是"西江月"创作史上的里程碑人物。"杜宇一声春晓"的象征意义，是精神意识的飞扬。黄庭坚（号鲁直）的"西江月"中"烟波万顷"之句，尽显其豪迈旷达的词风。而辛弃疾的《西江月·夜行黄沙道中》是我最喜欢的词作之一，他无愧于南宋"词龙"之称号。

　　"西江月"的意境，强烈地激发了历代词人的无限想象力，那一轮从亘古照耀至今的江月，是人们心头永恒的诗意……

暖暖陌上采桑子

夕阳暖暖天边悬，

罗敷劳作桑陌间。

和凝首创采桑子，

冯氏异彩趑缠绵。

阡陌垅上无艳科，

永叔十咏开洞天。

洗尽五代铅华粉，

畅朗意象耀千年。

诗释

汉乐府《陌上桑》中那个美丽的采桑女罗敷，应该是"采桑子"的艺术源头。确凿的证据是，《陌上桑》最早出现在《宋书·乐志》时原题为《艳歌罗敷行》，而南唐冯延巳创作的《采桑子》又题为《罗敷艳歌》。

"采桑子"最早的作品应是五代词人和凝所作。而大量使用"采桑子"调名的是冯延巳。冯氏的《采桑子》没有涉及"艳科"，有别于《花间集》而尽显大气与成熟。

真正使"采桑子"焕发夺目光芒的是欧阳修（字永叔）。他晚年咏西湖的《采桑子十首》，洗尽五代铅华脂粉，为古老的采桑子意象播下了永恒的美丽。

最是婉约蝶恋花

梦似杨柳鹊踏枝，

温婉清丽冯氏体。

晏殊易名蝶恋花，

苏公哲思显魅力。

庭院深深欧阳调，

易安化用深字意。

词至美成为巨擘，

蝶卧花蕊美学史。

诗释

　　《蝶恋花》作为整体意向，当属婉约范畴。从南唐冯延巳创作的第一首《鹊踏枝》就奠定了《蝶恋花》的美学原则。

　　北宋晏殊将《鹊踏枝》易名为《蝶恋花》，使之更切本调风格。欧阳修作《蝶恋花》二十多首，颇显其酷爱此调。李易安曾化用欧阳公"庭院深深深几许"之句，已成千古经典。苏轼的《蝶恋花》蕴含了人生哲理，"天涯何处无芳草"影响数代人的思维方式。而周邦彦的《蝶恋花》则丰富了此调的美学内涵。

悠悠长调兰陵王

勇冠三军美男子，

对敌酣战假面具。

北齐长恭兰陵王，

将士高歌入阵曲。

美成咏柳制此调，

西楼南瓦皆歌之。

三叠三韵三换调，

后人效周远不及。

诗释

　　《北齐史》记载，齐文襄之子高长恭是美男子，封兰陵王。尝着假面对敌，勇冠三军。每胜之，将士共歌《兰陵王入阵曲》。可惜此曲失传，而今"兰陵王"是该曲的"遗声"。

　　北宋词人周邦彦，字美成。以《兰陵王·柳》创制此词调，因其标杆极高，后人难以超越。

跋

　　《陌上行吟》结稿后，编辑让我写一个自序或跋语。原想我在以往出版的每本书中都曾经写过，在这本书中不打算再写多余的话。但编辑的坚持使我甚为感动，于是我便拿起了手中拙笔。

　　本书收录了我120首新作。其中现代诗31首，古体诗46首，词33首，诗释词牌10首。书中内容比以往的诗集多了一个板块，即以诗解释词牌。虽然只写了10首，仅仅是尝鼎一脔，但这是我的创新和探索。因为词牌是中华民族独有的文化符号，如"菩萨蛮""念奴娇""满江红""沁园春""兰陵王"等等。这一个个奇妙的汉字组合，构成了美好想象空间与艺术韵味的意象，能够使人产生无限遐思与审美愉悦。解释词牌的来历，挖掘蕴藏其中的历史文化元素，觅寻有关的人物、典故、名篇等。能写出生动有趣兼有学术意蕴的诗，这正是我极力追求的，也是对读者的一个启发和馈赠。

　　为了让读者更好地了解词牌的来龙去脉，我尝试对词牌进行诗化创作。这样会产生什么样的效果？我很难想象。但是，诗人在文化传承中应随着时代的发展而创新前行，这是诗人的责任和使命。因此，在用词、运典、句构、韵脚和托意上我都用心用情，竭尽所学。

在这里应该说明的是，这一新的创作形式，既要按律诗的格律平仄，又要符合法度去写，难免会有瑕疵。因为诗中用典故来铺写所释词牌已是一层隔膜；又要透过词牌本身来寓写所托之意，则又是一层隔膜。虽然我认为已尽我所能把它们结合得很巧妙了，但这两层隔膜对作品本身的感发力量难免会造成一定的限制。明白了这一点，读者可能在耳目一新的同时也就释然了。

在这里还想说的是，20世纪80年代中期，我完成从军旅诗歌到现代诗歌的转变。在这期间，也充分领悟到，诗人的经历、视野、胸怀，决定着诗人作品的水平。90年代初，我又开始投入大量时间和心血，在写现代诗的同时，将懵懂少年时喜欢的古体诗词重新捡起。开始研究和创作，并出版多本古体诗集。其中《霁月光年》连续半年蝉联广东新华畅销书排行榜文学类榜首，这着实令我激动不已。

进入新时代，我提醒和告诫自己，真正的诗人绝不可裹挟于流形而失去应有的个性和原则，不可热衷于那些无益的所谓诗歌评选活动。在任何情况下，都要忠实于历史，忠实于人民，忠实于自己的初心和良知。把创作的出发点提升到文化自信、文化自觉的境界和高度。

我还一直认为，诗歌创作的高度取决于诗人的境界，诗歌创作的深度取决于诗人的内心，诗歌创作的宽度取决于诗人的视野。说到视野，我便联想到"读万卷书，行万里路"的古训。只有读万卷书，才能积累知识，储备素材。只有行万里路，才能开阔视野，增长见识。这实际上是理论和实践两者不可偏颇的道理。

我对本书的命名寓意，取决于在120首的诗集中，就有61首是行万里路的"遇见"。这种"遇见"令我打开眼界，收获了创作的素材。我对祖国壮美山河的赞咏，这本身就是在精神旨趣上追求自然，在题材内容上关注自然，在表现手法上倾向自然。在创作中，我笃行我的三个"为主"原则：主题上歌颂"祖国美好、人性美好与自然融合"为主；取材上以"自然物象"为主；手法上以"现代诗与中国传统的古典诗词结合"为主。

在创作中，我的用词是自然的，不追求那种高蹈的虚无。无论是对自然的行吟，还是对人性的赞美，都竭力使其充满灵性。表现出有温度、有风骨、有正能量的美学原则，昭示出葳蕤的生命激情，体现出事物的本质风貌，再现出古典神韵和现代气质的融合。

当然，这本诗集还有一定缺憾，比如选题不够宽泛，个别用词不够精准等。只有请读者给予匡正了。

本书的出版，得到了广东人民出版社的关心和支持，在这里对肖风华社长、孙波、蔡彬、刘少白、许泽红，还有编辑同志钱飞遥谨致谢忱！

此刻，夜已深了，那剪淡淡的弯月透过帘儿照在书桌上，晚风也带着浅浅的秋意轻拂我的襟怀。写至此，想到行走在写诗的道路上，虽不能独放异彩，但必须有融通博赅，万取一收的创发精神，为此，我继续坚持着、探索着、前行着……

是为跋。

2023年9月26日深夜于广州超然轩